Phèdre

FichesdeLecture.com

PHÈDRE (FICHE DE LECTURE)

Phèdre
(Fiche de lecture)

I. INTRODUCTION

Phèdre, tragédie classique en 5 actes et en vers, est présentée par Jean Racine (1639-1699) pour la première fois le 1ᵉʳ janvier 1677 ; Racine avait alors appelé sa pièce *Phèdre et Hippolyte*, ce qui ne fut modifié que dix années plus tard. Comme dans toute réécriture d'un mythe, les sources du dramaturge sont nombreuses. On y trouve notamment des références au poète grec Euripide et au philosophe romain Sénèque.

Comme l'écrivait Gide dans son *Journal*, cette pièce réside dans le conflit qui tourmente Phèdre, « théâtre et victime d'une tragédie interne. »

II. RÉSUMÉ DE LA PIÈCE

Acte I

La pièce s'ouvre *in medias res* : Hippolyte, fils de Thésée et d'Antiope, reine des Amazones, annonce à son confident Théramène son intention de quitter la ville de Trézène pour retrouver son père, dont il est sans nouvelles. Mais il finit par lui avouer la véritable cause de son départ, qui est son amour interdit pour Aricie, une princesse du sang royal d'Athènes, sœur des Pallantides, ennemis de Thésée. Phèdre, belle-mère d'Hippolyte et femme de Thésée, apparaît alors, accompagnée de sa nourrice Oenone. Elle lui confesse sa passion pour son beau-fils.

La mort de Thésée est alors annoncée (Scène 4)

Acte II

Aricie confie à sa suivante Ismène qu'elle aime Hippolyte (Scène 1); celui-ci survient alors et elle lui avoue son amour. Hippolyte lui déclare qu'il l'aime aussi et lui propose le trône d'Attique (scènes 2 et 3). Phèdre vient à Hippolyte pour lui demander de prendre soin de son fils (scène 4) et, emportée par sa passion, lui déclare sa flamme. Le voyant réservé, elle est si désespérée qu'elle le supplie de la tuer de son épée (scène 5). Resté seul, Hippolyte décide de partir vérifier si la rumeur rapportée par Théramène est fondée : Thésée serait encore vivant (scène 6). C'est le second stade de la descente aux enfers de Phèdre : elle a avoué son amour à Hippolyte. La faute est encore plus grave si Thésée n'est pas mort.

Acte III

N'ayant pas obtenu l'amour d'Hippolyte, Phèdre désespérée lui envoie Oenone pour lui offrir le pouvoir (scène 1). Puis restée seule elle invoque Vénus dont elle s'estime être la victime (scène 2), en lui demandant de frapper Hippolyte de passion pour elle. Oenone revient à la scène 3 annoncer le retour de Thésée, qui s'étonne d'être accueilli si froidement. Elle conseille à Phèdre d'accuser Hippolyte pour sauver son honneur, car celle-ci est épouvantée face à une possible révélation à son père et submergée par la culpabilité. Hippolyte veut fuir sa belle-mère et partir au loin, ce qui laisse son père dans la confusion (scène 5).

Acte IV

Oenone, pour protéger sa maîtresse, déclare à Thésée qu'Hippolyte a tenté de séduire Phèdre (scène 1). Celui-ci bannit alors son fils et le voue à la vengeance de Neptune ; Hippolyte tente de le détromper en avouant son amour pour Aricie. Cette dernière, furieuse d'avoir une rivale, renonce à le défendre. Phèdre, lorsqu'elle apprend l'amour d'Hippolyte pour Aricie, renonce à adoucir la colère de Thésée (scène 4). Elle laisse éclater sa colère dans la scène 5 et maudit Oenone lorsque celle-ci, pour la réconforter, vient tenter de lui fournir des explications (scène 6).

Phèdre se rend auprès de Thésée pour tenter d'adoucir sa colère, mais elle renonce en apprenant l'amour d'Hippolyte pour Aricie (scène 4). La reine seule laisse éclater sa fureur (scène 5), et chasse violemment Oenone venue la réconforter (scène 6).

Acte V

Cet acte s'ouvre sur Hippolyte qui, ne voulant pas causer à son père un terrible chagrin, promet à Aricie de l'épouser hors de la ville. Cette dernière s'entretient avec Thésée (scène 3) qui en proie au doute, demande à voir Oenone (scène 4). La nouvelle du suicide de la servante lui parvient à cet instant, ce qui ne fait qu'augmenter ses craintes et le fait revenir sur ses malédictions. La scène 6 est celle du récit déchirant de Théramène annonçant la mort d'Hippolyte sur la plage. Thésée, accablé, apprend ensuite le rôle joué par Phèdre dans tout cela (scène 7). C'est dans cette même scène que meurt Phèdre, qui s'est empoisonnée et confesse sa faute. Thésée anéanti prend comme décision d'adopter Aricie comme sa fille.

III. ANALYSE DES PERSONNAGES PRINCIPAUX

Phèdre est d'abord un **personnage tragique**. Ses origines sont à la fois **nobles et divines**. En tant que « fille de Minos et de Pasiphaé » (Acte I, Scène 1), elle est liée à la fois au soleil (par sa mère) et aux Enfers (par son père). Cette hérédité qu'elle porte fait qu'elle subit tout au long de la pièce la malédiction divine qui poursuit sa famille ; c'est pour cela notamment que, continuellement déchirée par ses passions, elle dénonce la déesse de l'amour qui s'acharne sur elle dans le célèbre « C'est Vénus tout entière à sa proie attachée » (Acte I, Scène 3). Un autre élément propre au tragique du personnage est une présence continuelle des Dieux tout au long de la pièce. Leur influence sur le personnage de Phèdre rend compte de l'aura de fatalité qui l'entoure. Mort ou fin malheureuse sont au bout du chemin et le personnage le pressent dès les débuts de la pièce : « Je n'en mourrai pas moins, j'en mourrai plus coupable » (Acte I, Scène 1). C'est un trait propre au tragique : elle lutte contre des forces qui la dépassent, jusqu'à la folie. Phèdre est ensuite un **personnage passionné**. Son amour pour Hippolyte conditionne chacune de ses actions jusqu'à transformer la moindre de ses pensées, de ses comportements : espoir, angoisse (acte II, scène 1), jalousie (acte IV, scène 5); elle est en proie à des passions qui ne lui laissent aucun répit et la conduisent à des actions extrêmes. Ainsi elle fait exiler Hippolyte, et la femme solitaire du début de la pièce se transforme en « injuste marâtre ». D'ailleurs, on constate un contraste frappant entre l'intelligence qui la caractérise à certains moments et la perte de contrôle qui la frappe à d'autres. Ainsi, sa première rencontre avec Hippolyte déclenche chez elle une réaction violente : « Je le vis, je rougis, je pâlis à sa vue / Un trouble s'éleva dans mon âme éperdue ». Cette réaction n'est que le début de troubles à venir, tels qu'hallucinations et cauchemars. Enfin, c'est un personnage déchiré et qui porte en elle une lourde culpabilité. Phèdre est divisée entre l'ennui et la passion, la clairvoyance et le trouble, le silence et la confession. Du coup sa position oscille entre victime et bourreau, culpabilité (avec, persistante, ce sentiment de faute qu'elle porte) et innocence, vie et mort, espoir et abandon. C'est toute cette ambiguïté qui conduit d'ailleurs à la célèbre formule « Phèdre n'est ni tout à fait coupable, ni tout à fait innocente ». D'ailleurs, la figure de style qui la caractérise le plus est l'oxymore. Phèdre est « une obscure clarté », une « sombre lumière ».

Thésée est fils d'Égée, roi d'Athènes. Son fils est Hippolyte et il épouse Phèdre en secondes noces. Son passé est glorieux et la pièce rappelle fréquemment ses exploits, par allusions ou récits épiques. Comme son fils, il a les femmes comme point faible (d'où les « jeunes erreurs » au vers 23). Mais c'est un séducteur fatigué qui attend de retrouver son épouse au retour de son expédition (acte III). Il conserve sa qualité de héros dans la pièce, envers qui même Neptune a des dettes ; cependant il apparaît souvent comme manquant de lucidité, ne pouvant par exemple pas discerner les manoeuvres de sa servante. D'où sa fin tragique même s'il est vivant, en père accablé, mari abusé, roi trompé. Thésée est un obstacle, la loi, l'ordre : sa prétendue mort déchaîne les paroles.

Hippolyte a un rôle secondaire. Racine s'est écarté de la légende antique et de l'extrême perfection du personnage afin que, en lui donnant des faiblesses, il puisse attirer la pitié du spectateur (tradition aristotélicienne). Son amour pour Aricie est paradoxal, car il sait garder le contrôle de lui-même. Du héros sans faille il devient un homme, ce qui l'oppose à son père et aux exigences politiques. Il doit choisir entre honneur et amour. La fuite devient l'un de ses traits principaux, ce qui lui confère aussi un caractère ambigu.

Aricie est originale par rapport à la tradition antique. Racine l'a introduite car elle joue un rôle important dans la psychologie de la pièce. En effet, à travers son rôle de jeune fille amoureuse, elle représente un maillon de la chaîne tragique de l'amour et de la haine qui lie les protagonistes de la pièce. Elle est « jeune » et « aimable », rebelle à l'amour puis qui y succombe, à l'image d'Hippolyte. S'y ajoute un sens aigu de la justice, bien qu'elle reste un personnage naïf. Elle ne doute par exemple jamais de son bon droit ou de son amour, dont elle tire une « gloire » personnelle (v 449- 453). Mais sa sincérité fait que la pièce se clôt sur l'image d'une jeune femme brisée.

Oenone joue un rôle important, car elle incarne la face sombre de Phèdre, sans pour autant se cantonner à cela. Elle est sa nourrice et confidente et représente la voix de la raison face à la folie de Phèdre, la vie quand cette dernière parle de mort. Pour autant ses conseils ne sont pas raisonnables ; mais ils s'expliquent par un grand dévouement à la limite de la passion. Même la faute morale lorsqu'elle accuse Hippolyte d'avoir séduit Phèdre relève de sa volonté de la sauver. Elle est donc celle qui engage Phèdre à ne pas abandonner. En cela elle est un moteur fondamental de la tension tragique qui conduira à leurs deux morts, inéluctables.

IV. THÈMES ET ENJEUX DE LA PIÈCE

C'est une **tragédie classique** extrêmement codifiée en 5 actes et en alexandrins à rimes plates, répondant à la règle des trois unités (action, lieu, bienséance/vraisemblance). De nombreux éléments soulignent l'importance du thème tragique dans *Phèdre* : les héros sont issus de familles nobles ou de héros, la faute est un élément central de l'intrigue et un ressort classique du tragique. On peut rajouter à cette liste la fatalité (qui n'est pas nécessairement synonyme de malheur) : Phèdre se bat en vain contre des forces qui la dépassent. Le verbe latin *Patior* signifie en effet subir : ainsi le spectateur connaît l'issue de la pièce avant même les personnages. C'est bien souvent là l'ironie tragique que l'on retrouve dans chacune des pièces de Racine.

C'est une **pièce politique** puisqu'elle s'ouvre non pas seulement sur une crise passionnelle, mais bien sur une crise politique, celle de la succession à Thésée : le roi a disparu. Et toute faute commise par les héros a des répercussions au plus haut niveau de l'État.

La **présence des dieux** est un thème omniprésent. Qu'on les maudisse ou que l'on fasse appel à eux (Neptune, Vénus), ils font partie intégrante de *Phèdre* et de la tragédie en général.

Racine transmet plusieurs réflexions à travers *Phèdre*. Notamment le fait que toute faute est suivie d'un châtiment, et que la passion est une force fatale qui détruit celui qui en est possédé; la **vertu** est donc au coeur de sa réflexion. Il pourra donc écrire à propos de ses tragédies que « les passions n'y sont représentées que pour montrer tout le désordre dont elles sont causes ». Il répond ainsi aux critiques des jansénistes sur le théâtre. D'ailleurs, la passion qui détruit Phèdre est présentée comme une maladie. Elle est « fureur », c'est-à-dire folie selon l'étymologie latine.

Au final donc, plus femme que monstre, Phèdre meurt sans avoir comblé son **aspiration à l'innocence**. Elle renvoie donc au spectateur l'idée que tout être humain connaîtra une **chute** inévitable, sans forcément obtenir de grâce. Dans le contexte historique et social de Racine, qui présentait ses oeuvres à la Cour du Roi (donc très chrétien), la mort de Phèdre sur scène est donc, avec ces éléments en tête, une **liberté prise** par rapport à la bienséance et la tradition. Le dramaturge « sauve » les apparences par les derniers mots de Thésée qui adopte Aricie.

Dans la même collection en numérique

Les Misérables

Le messager d'Athènes

Candide

L'Etranger

Rhinocéros

Antigone

Le père Goriot

La Peste

Balzac et la petite tailleuse chinoise

Le Roi Arthur

L'Avare

Pierre et Jean

L'Homme qui a séduit le soleil

Alcools

L'Affaire Caïus

La gloire de mon père

L'Ordinatueur

Le médecin malgré lui

La rivière à l'envers - Tomek

Le Journal d'Anne Frank

Le monde perdu

Le royaume de Kensuké

Un Sac De Billes

Baby-sitter blues

Le fantôme de maître Guillemin

Trois contes

Kamo, l'agence Babel

Le Garçon en pyjama rayé

Les Contemplations

Escadrille 80

Inconnu à cette adresse

La controverse de Valladolid

Les Vilains petits canards

Une partie de campagne

Cahier d'un retour au pays natal

Dora Bruder

L'Enfant et la rivière

Moderato Cantabile

Alice au pays des merveilles

Le faucon déniché

Une vie

Chronique des Indiens Guayaki

Je voudrais que quelqu'un m'attende quelque part

La nuit de Valognes

Œdipe

Disparition Programmée

Education européenne

L'auberge rouge

L'Illiade

Le voyage de Monsieur Perrichon

Lucrèce Borgia

Paul et Virginie

Ursule Mirouët

Discours sur les fondements de l'inégalité

L'adversaire

La petite Fadette

La prochaine fois

Le blé en herbe

Le Mystère de la Chambre Jaune

Les Hauts des Hurlevent

Les perses

Mondo et autres histoires

Vingt mille lieues sous les mers

99 francs

Arria Marcella

Chante Luna

Emile, ou de l'éducation

Histoires extraordinaires

L'homme invisible

La bibliothécaire

La cicatrice

La croix des pauvres

La fille du capitaine

Le Crime de l'Orient-Express

Le Faucon malté

Le hussard sur le toit

Le Livre dont vous êtes la victime

Les cinq écus de Bretagne

No pasarán, le jeu

Quand j'avais cinq ans je m'ai tué

Si tu veux être mon amie

Tristan et Iseult

Une bouteille dans la mer de Gaza

Cent ans de solitude

Contes à l'envers

Contes et nouvelles en vers

Dalva

Jean de Florette

L'homme qui voulait être heureux

L'île mystérieuse

La Dame aux camélias

La petite sirène

La planète des singes

La Religieuse

1984 A l'Ouest rien de nouveau

Aliocha

Andromaque

Au bonheur des dames

Bel ami

Bérénice

Caligula

Cannibale

Carmen

Chronique d'une mort annoncée

Contes des frères Grimm

Cyrano de Bergerac

Des souris et des hommes

Deux ans de vacances

Dom Juan

Electre

En attendant Godot

Enfance

Eugénie Grandet

Fahrenheit 451

Fin de partie

Frankenstein

Gargantua

Germinal

Hamlet

Horace

Huis Clos

Jacques le fataliste

Jane Eyre

Knock

L'homme qui rit

La Bête humaine

La Cantatrice Chauve

La chartreuse de Parme

La cousine Bette

La Curée

La Farce de Maitre Pathelin

La ferme des animaux

La guerre de Troie n'aura pas lieu

La leçon

La Machine Infernale

La métamorphose

La mort du roi Tsongor

La nuit des temps

La nuit du renard

La Parure

La peau de chagrin

La Petite Fille de Monsieur Linh

La Photo qui tue

La Plage d'Ostende

La princesse de Clèves

La promesse de l'aube

La Vénus d'Ille

La vie devant soi

L'alchimiste

L'Amant

L'Ami retrouvé

L'appel de la forêt

L'assassin habite au 21

L'assommoir

L'attentat

L'attrape-coeurs

Le Bal

Le Barbier de Séville

Le Bourgeois Gentilhomme

Le Capitaine Fracasse

Le chat noir

Le chien des Baskerville

Le Cid

Le Colonel Chabert

Le Comte de Monte-Cristo

Le dernier jour d'un condamné

Le diable au corps

Le Grand Meaulnes

Le Grand Troupeau

Le Horla

Le jeu de l'amour et du hasard

Le Joueur d'échecs

Le Lion

Le liseur

Le malade imaginaire

Le Mariage de Figaro

Le meilleur des mondes

Le Monde comme il va

Le Parfum

Le Passeur

Le Petit Prince

Le pianiste

Le Prince

Le Roman de la momie

Le Roman de Renart

Le Rouge et le Noir

Le Soleil des Scortas

Le Tartuffe

Le vieux qui lisait des romans d'amour

L'Ecole des Femmes

L'Ecume Des Jours

Les Bonnes

Les Caprices de Marianne

Les cerfs-volants de Kaboul

Les contes de la Bécasse

Les dix petits nègres

Les femmes savantes

Les fourberies de Scapin

Les Justes

Les Lettres Persanes

Les liaisons dangereuses

Les Métamorphoses

Les Mouches

Les Trois mousquetaires

L'étrange cas du Dr Jekyll et de Mr Hyde

L'Ile Au Trésor

L'île des esclaves

L'illusion comique

L'Ingénu

L'Odyssée

L'Ombre du vent

Lorenzaccio

Madame Bovary

Manon Lescaut

Micromégas

Mon ami Frédéric

Mon bel oranger

Nana

Ne tirez pas sur l'oiseau moqueur

Notre-Dame de Paris

Oliver twist

On ne badine pas avec l'amour

Oscar et la dame rose

Pantagruel

Le Misanthrope

Perceval ou le conte du Graal

Phèdre

Ravage

Roméo et Juliette

Ruy Blas

Sa Majesté des Mouches

Si c'est un homme

Stupeur et tremblements

Supplément au voyage de Bougainville

Tanguy

Thérèse Desqueyroux

Thérèse Raquin

Ubu Roi

Un Barrage contre le Pacifique

Un long dimanche de fiançailles

Un secret

Vendredi ou la vie sauvage

Vipère au poing

Voyage au bout de la nuit

Voyage au centre de la terre

Yvain ou le Chevalier au lion

Zadig

À propos de la collection

La série FichesdeLecture.com offre des contenus éducatifs aux étudiants et aux professeurs tels que : des résumés, des analyses littéraires, des questionnaires et des commentaires sur la littérature moderne et classique. Nos documents sont prévus comme des compléments à la lecture des oeuvres originales et aide les étudiants à comprendre la littérature.

Fondé en 2001, notre site FichesdeLectures.com s'est développé très rapidement et propose désormais plus de 2500 documents directement téléchargeables en ligne, devenant ainsi le premier site d'analyses littéraires en ligne de langue française.

FichesdeLecture est partenaire du Ministère de l'Education du Luxembourg depuis 2009.

Plus d'informations sur www.fichesdelecture.com

ISBN: 978-2-511-02778-3